Poemas sobre
amor e
seus estragos

Editora Appris Ltda.
1.ª Edição - Copyright© 2023 do autor
Direitos de Edição Reservados à Editora Appris Ltda.

Nenhuma parte desta obra poderá ser utilizada indevidamente, sem estar de acordo com a Lei nº 9.610/98. Se incorreções forem encontradas, serão de exclusiva responsabilidade de seus organizadores. Foi realizado o Depósito Legal na Fundação Biblioteca Nacional, de acordo com as Leis nos 10.994, de 14/12/2004, e 12.192, de 14/01/2010.

Catalogação na Fonte
Elaborado por: Josefina A. S. Guedes
Bibliotecária CRB 9/870

F871p
2023
	Frias, Tiago
	    Poemas sobre amor e seus estragos / Tiago Frias. - 1. ed. - Curitiba : Appris, 2023.
	    80 p. ; 21 cm.
	
	    Inclui referências.
	    ISBN 978-65-250-3492-8
	
	    1. Dança. 2. Cultura. 3. Arte na educação. I. Título. II. Série.
	
	    CDD - 792.8

Editora e Livraria Appris Ltda.
Av. Manoel Ribas, 2265 – Mercês
Curitiba/PR – CEP: 80810-002
Tel. (41) 3156 - 4731
www.editoraappris.com.br

Printed in Brazil
Impresso no Brasil

Tiago Frias

Poemas sobre
amor e
seus estragos

Appris
editora

FICHA TÉCNICA

EDITORIAL	Augusto Vidal de Andrade Coelho
	Sara C. de Andrade Coelho
COMITÊ EDITORIAL	Marli Caetano
	Andréa Barbosa Gouveia (UFPR)
	Jacques de Lima Ferreira (UP)
	Marilda Aparecida Behrens (PUCPR)
	Ana El Achkar (UNIVERSO/RJ)
	Conrado Moreira Mendes (PUC-MG)
	Eliete Correia dos Santos (UEPB)
	Fabiano Santos (UERJ/IESP)
	Francinete Fernandes de Sousa (UEPB)
	Francisco Carlos Duarte (PUCPR)
	Francisco de Assis (Fiam-Faam, SP, Brasil)
	Juliana Reichert Assunção Tonelli (UEL)
	Maria Aparecida Barbosa (USP)
	Maria Helena Zamora (PUC-Rio)
	Maria Margarida de Andrade (Umack)
	Roque Ismael da Costa Güllich (UFFS)
	Toni Reis (UFPR)
	Valdomiro de Oliveira (UFPR)
	Valério Brusamolin (IFPR)
SUPERVISOR DA PRODUÇÃO	Renata Cristina Lopes Miccelli
ASSESSORIA EDITORIAL	Tarik de Almeida
REVISÃO	Ariadne Martins
PRODUÇÃO EDITORIAL	Raquel Fuchs
DIAGRAMAÇÃO	Bruno Ferreira Nascimento
CAPA	Sheila Alves
REVISÃO DE PROVA	Bianca Silva Semeguini

Dedico este livro

Ao Criador, Jeová Deus.

Aos meus pais, Márcia Christina e Betônio Frias,(in memorian).

Aos meus amigos, que sempre apoiam e incentivam meu trabalho.

Aos meus irmãos, Alan, Tácio e Taislane, que sempre torceram pelo meu sucesso.

Aos amigos Rosinêz e Manoel, que se alegram com minhas conquistas e são muito hospitaleiros.

À amiga Nadjane Freire que, mesmo distante, acompanha, incentiva e aprecia meus poemas.

À professora Maria Inês, que me inspira com seu trabalho e sua paixão pela leitura.

À minha gata, Allina, que não me deixa em paz.

E a todos os meus amores e os estragos que causaram na minha vida.

Agradecimentos

Agradeço imensamente a todos que, de alguma forma, me ajudaram a construir esta obra.

Agradeço à escritora Thamires Dantas, pelo grande auxílio na produção do meu primeiro livro e pela inestimável contribuição de dois de seus poemas nesta obra, além de ser a autora do título.

Agradeço ao amigo Nícolas dos Santos, por sua valiosa contribuição e pelo envolvimento neste projeto.

Agradeço o apoio dos meus colegas professores, à equipe diretiva da Escola Souza Barbosa, à secretária de Educação Maria Araújo e aos meus queridos alunos, que sempre me inspiram a ser um escritor melhor.

Agradeço a todos que acreditam no meu trabalho, que esperaram por este livro que, por causa deles, agora é uma realidade. Muito obrigado.

Prefácio

Poemas sobre amor e seus estragos está repleto de interpretações sobre como o amor causa impactos diferentes em cada pessoa.

O livro nos faz pensar sobre como devemos seguir com a nossa vida ao mesmo tempo que nos prendemos às nossas recordações. Cada poema descreve minuciosamente os sentimentos mais profundos do autor e suas sinceras expressões, a fim de transmitir ao leitor suas próprias sensações de dor, angústia, amor e solidão.

Esta obra tem o intuito de exprimir todas as facetas do amor, às quais somos convidados a desfrutar. No decorrer da leitura, é bem provável que sinta suas pernas trêmulas, além de um intenso ardor no peito, próprios de quem se encontra imerso nos poemas.

Descubra o que é o amor e que estragos causaram em você.

Thamires Dantas

Sumário

Começos	13
Sensação	15
Pés cansados	19
Quando eu voltar	21
Fotógrafa	23
Resoluto	27
Reverso	29
Chat	31
Ela não reagiu	33
Órbita	35
Meio	39
Crescimento	41
Quarentena	43
Repetição	47
Continue sumido	49
Até sorri	51
Você	53
Novo eu	55
Vá embora	59
Sem-noção	61
Abstinência	63
Ópio	65
Sr. Azul	69
Caminhando	75

Começos

Começos podem ser tão difíceis
Quanto recomeços.
Aquele instante em que sua vida
Saiu dos trilhos e você perdeu o sossego.

A vantagem do *restart*
É que você já seguiu por esse caminho
E pode estabelecer melhor suas prioridades.
Dessa vez você já sabe como chegar mais rápido
E mais coerente ao ápice.

Mesmo assim, todo início é um risco:
Você tenta acertar instigado pelo medo de errar.
Tomando todo o cuidado contra os perigos,
Segue triunfante driblando os empecilhos.

Concentre-se no que está à sua frente
E não olhe para o alto, para o topo onde esteve.
O tombo que te levou à base não foi de repente.
Esqueça a autopiedade e se reinvente.

De começos e recomeços fazemos a vida da gente.

Sensação

Há momentos
Em que você sente
Que não pertence
A lugar algum.

Parece que você
Não é de ninguém
E ninguém é seu também.
Sua falta não seria sentida.

Pensamentos negativos
Sentimentos aflitivos
Você se considera lixo
Superficial, fútil refugo.

Ainda bem que são só momentos.
Imagina se fossem corriqueiros?
Espante firmemente para longe
Essa sensação que gera desespero.

Espante firmemente para longe
Essa sensação que gera desespero.

crédito da foto: StockSnap

Pés cansados

O dia começa com o canto do galo
Bem cedinho na manhã de frio
Cercado de serras admiro calado
Tanta natureza nesse interior do Brasil.

O pãozeiro passa na rua e apita sua buzina
Também tem leite bem fresquinho.
Tudo pronto, tomo meu café na cozinha
Hora de sair, sigo meu caminho.

São muitos cumprimentos e acenos
Encontro idosos, adultos e crianças
Hospitaleiros, todos ouvem atentos
Mensagens de consolo e esperança.

O sol se põe num espetáculo dourado
Contemplado, o céu está estrelado
Pés cansados, olhos pesados
Amanhã será mais um dia animado.

Quando eu voltar

Às vezes estou tão cansado
Que não consigo mover um osso.
Todo esse esgotamento físico e mental
É sinal de que preciso parar um pouco.

Parar de me preocupar tanto
Esperar tanto e ficar tão ansioso.
O melhor mesmo é descansar
E dar um tempo de tanto pensar.

Eu quero mesmo é viajar
Ver paisagens no caminho
E as cidadezinhas lá do ar.

Quero encontrar lugares e pessoas
Ter conversas diferentes, rir mais e ficar à toa.
Quando eu voltar conto todas e boas!

Fotógrafa

Cheguei sozinho
Piscina, muito brilho, nome na lista.
Convidados, amigos, *posts* no *insta*.
Eu a tecia com olhar de linho.

Festa animada
Muita comida, bebida, música agitada.
Garçons, DJs, pista de dança, cortejos.
Eu a admirava em segredo.

Quase nove
Metade da festa sem gravata.
Em polvorosos na fumaça que envolve
Dançam, cantam, não precisam de nada.

Cantei também
Até dancei,
pulei tanto que suei
Agora já vão servir o jantar, amém.

Eu a perdi dos meus olhos
E a encontrei fazendo o trabalho dela.
De todas as fotos quero uma com ela.
Foto com a fotógrafa da festa.

De todas as fotos quero uma foto com ela.
Foto com a fotógrafa da festa.

Crédito da foto: Stokpic

Resoluto

Decidi procurar por mim
Me encontrar onde me perdi
Esquecido por mim mesmo
Resolvi cuidar de mim.

Decidi dedicar tempo a mim
Diversas vezes não me atendi
Reprimindo risos que não sorri
Resolvi rir um pouco de mim.

Cansei de ser o mesmo de sempre
Ousando não me sentir contente
Resolvi ser um pouco diferente.

Quero sensações novas
Reinventar minhas rotas
Resolvi que vou ser feliz.

Estou resoluto em mim.

Reverso

Sua mente vagueia num dado instante
Fazendo da palestra um som distante.
Imagens e lembranças começam a surgir
Pensamentos o transportam para longe dali.

Numa palavra, um súbito retorno
Um olhar em volta e estou no presente de novo.
Sua realidade e *flashbacks* se misturam
Tecidos novos e panos velhos se costuram.

De volta a você, um outro ser
Reverso que não consegue se reconhecer
Manter-se constante é o seu dever.

No final de tudo, estarei em casa
Café preto, pão com manteiga e mais nada
Durmo o sono dos justos em cama forrada.

Chat

Ela viu,
Não curtiu.
Mas aposto que sorriu.

Chamei no *chat*.
Será que responde?
Vou fazer enquete.

Respondeu!
Coração até doeu.
O que faço agora, meu Deus?

Continuar na luta,
Postar letra de música.
E numa hora dessas
Ela não vai ter desculpas.

Ela não reagiu

Curtir,
Comentar,
E esperar.
Será que ela vai ver?
Responder?

Postar,
Compartilhar,
E torcer.
Será que ela vai gostar?
Se surpreender?

Felicidade
Ela está on-line!
Coração bate.

Ela não reagiu,
Nem curtiu.
O tempo ruiu
Até minha internet caiu.

Órbita

Caminhando contente em passos curtos
Sigo sem pressa pensando no futuro
Ideias que vem e vão sem surtos
Tenho bastante chão, e não muros.

Nesse caminho vou mais além
Sigo meu rumo focado em alguém
Não me importam os desdéns
Quero encontrar o meu bem.

E no meio do caminho
Um nefasto profundo vazio
De quem sempre esteve sozinho
Inseguro desesperado, sem carinho.

Meus pés não alcançam o chão
Não há gravidade, perdi a noção.
Bússola sem norte sob forte tensão
Estou em órbita, sentindo medo e aflição,
Flutuando a esmo sem direção.

Estou em órbita, sentindo medo e aflição,
Flutuando a esmo sem direção.

crédito da foto: @off__nicolas

Meio

Meio incompleto
Faltando alguma coisa
Preciso ser discreto
Sigo escrevendo na lousa.

Meio cansado
Muitas noites de estudo
Começo a semana atarefado
Espero que aprendam tudo.

Meio desanimado
Muita cobrança, muito trabalho
Muita exigência, pouco amparo
Pouco reconhecimento, pouco valorizado.

Meio confiante
Tenho mais realizações do que antes
Direciono meu foco esmerado
Para o que é mais importante.

Crescimento

Aqui estou
Ou pelo menos o que restou,
De quem tanto amou
E no fim só apanhou.

Assim aprendi
Da forma que mereci,
Cultivando flor-de-lis
Em amores gris.

Respirando fundo
Sigo ajustando meu rumo
Atento às pedras do percurso.

Aos poucos sobrevivendo
Escapando dos maus momentos
O melhor resultado foi crescimento.

Quarentena

Em casa
Sem fazer nada
Isolamento social
Quarentena total.

Antes disso eu saía,
Mas depois dessa pandemia
Aconteceu o que eu mais temia:
Surtos depressivos e melancolia.

Acordo sem saber qual é o dia
Torcendo que acabe logo essa monotonia
Continuo deitado com ventilador ligado,
Essas horas já devia ter levantado.

A vida passando pela janela
Mortes sem despedidas,
Muita dor e tragédia.
Gritos, desespero, coronavírus,
Onde vai parar tudo isso?

A vida passando pela janela
Mortes sem despedidas.
Muita dor e tragédia.

crédito da foto: omeryuzerr

Repetição

Estranhamente feliz,
Apesar das circunstâncias.
Situações esperadas, irrelevâncias
E ainda seguir como aprendiz.

Estou feliz por mim,
Estou feliz por conseguir,
Feliz por vir mesmo assim,
Feliz por eles enfim.

Você testa sua capacidade
Até onde você absorve
E descobre a incrível verdade:
Com amor tudo se resolve.

Para este meu amigo noivo
Fui companhia, atenção,
Não direi "faria tudo de novo"
Dessa vez já foi repetição.

Continue sumido

Não sei mais quem é você,
Não sei por onde andas,
Nem o que fazes.

Não sei mais quem é você,
Não sei o que pensas,
Nem o significado da data do seu recado.

Eu parei de saber de você,
Quando parei de falar primeiro.

Eu parei de saber de você,
Sempre ocupado demais para responder.

Não sei mais quem é você,
São desculpas demais para atender.
Não sei mais quem é você,
E nem vou mais procurar saber.

A você, querido amigo
Que não precisa falar comigo
(E nem lembra que eu existo)
Faço apenas um pedido
Por favor, continue sumido.

Até sorri

Saí por aí
Pedalando segui
Cabeça ruim
Tudo parece fim.

Parei por aqui
Mensagens li
Até sorri,
Mas não esqueci.

Preciso ir
Sair daqui
Já espaireci
Chegar em casa e dormir.

Não era pra ser assim
Vontade de desistir,
Mas vou resistir
Quem vai me impedir?

Você

Você surgiu
Céu se abriu
Tudo coloriu
Meu olhar sorriu.

E foi assim por dias
Mensagens, fotos, companhia
Músicas, áudios, poesias
Tudo ia bem como devia.

Mas tudo mudou
Numa só conversa acabou
Qualquer chance de argumento falhou.

Talvez já estivesse fadado a ser assim
Lindo como começou, surreal continuou
E abruptamente chegou ao seu fim.

Novo eu

Encontrei em mim um novo eu
Um eu que não conhecia
Um eu que não existia
E que a ninguém pertenceu.

Agora esse meu "eu" é teu.
É um eu feito para você
Inspirado em você
E que por você floresceu.

Esse novo "eu" veio para somar
Para ser mais forte, mais feliz.
Um eu que não vai acabar
Que acredita mais do que diz.

Esse será meu eu em você
Pra você e por você
Um eu melhor de mim
Que não terá mais fim.

Encontrei em mim um novo eu
Inspirado em você
E que por você floresceu.

crédito da foto: Tiggermouse

Vá embora

Deixei de compor.
De me dispor
E passei a me opor
A toda essa dor.

Também deixei de sentir,
De me divertir
E passei a fugir
Sem ter aonde ir.

Antes eu escrevia,
Em cada verso e em cada poesia
Algo especial acontecia
Eu era feliz, só não sabia.

Antes eu sentia
Que um carinho tão grande e tão bonito me consumia
Eu disse "sentia"? Esse sentimento não foi embora
Peço todos os dias, mas ele não colabora.

Sem-noção

Toda essa apreensão
Por não fazer questão
De estar numa prisão.
Tenho nada para confessar, não.

Tudo é ilusão
Tudo é vão
Ou será que não?
Já disse que não faço questão!

No vaivém dos que virão
Sou mais um dos que ficarão,
Mas não daqueles que lamentarão.

Sem nenhuma razão
Retraído e absorto, faço confusão.
Sofrimento inquieto dos sem-noção.

Abstinência

Conheço a prisão deles,
Suas dores amargas.
Seus receios e desesperos
Senti o mesmo sabor desse veneno.

Quando seu vício é alguém
Que indicação de tratamento você tem?
Descreva essa dependência,
Que eu te prescrevo abstinência.

Consciente da angústia deles,
Suas lutas implacáveis,
Seus motivos e desabafos
Consegui a tão desejada liberdade.

Quando você é você outra vez
Livre, resistente e recuperado
Da droga que é depender de alguém!
Limpo do tóxico que nunca te fez bem.

Ópio

Decidi pelo temível rompimento
Nada tão previsível como esse momento
Nítida decepção nesse relacionamento
Não podia mais suportar tanto sofrimento.

O caos habitava meu âmago
Agitada agonia todo santo dia
Não comia, não bebia nem dormia
Febril, transtornado, impaciente tremia
Foram constantes as dores de estômago.

Fel ardente em vibrante ódio
Acusado de egoísta desequilibrado.
Narcisista convencido e mimado
Meu caso só podia ser psiquiátrico
Tudo se resolvia com o ardiloso ópio.

Pontadas agudas na alma
Rechaçadas palavras atiradas
Atingiam fundo a epiderme lesionada
Repulsivas alfinetadas eram ordem da casa.

A morte soava merecido alívio,
Parecia solução para qualquer indivíduo.
Quantas vezes pensei em sumir
Só queria desaparecer, correr, fugir.
Não podia aguentar todo aquele desatino.

Fel ardente em vibrante ódio

Tudo se resolvia com o ardiloso ópio.

crédito da foto: Sabine Löwer – papaya45

Sr. Azul

Meu íntimo tem sido tomado,
Atulhado, preenchido e entorpecido
De desesperança e melancolia.
Não lembro quando, mas aconteceu.

Eu perdi o que nem tinha.
Fui deixada, largada para trás.
Mesmo com a visão falha
Consigo vê-lo à frente,
Feroz e impetuoso.

Pensei que chegaria à margem,
Mas não importa o quão forte seja
Alcançá-la tem sido impossível.
A água colidiu com minha garganta
E tem inundado todo o corpo.
O cloro tem auxiliado o pranto.

Me sinto farta de nadar.
Suplico que profundezas azuis
Sucumbam todo meu ser
Que elas extraiam com urgência
Todo o meu fôlego
Que transformem a tempestade cinza
Em um estonteante pélago azul.

E que sem brusquidão
Possam adentrar em meus ouvidos
Para que o único ruído ouvido
Seja o abisso do mar.
Senhor Azul, permita-me te amar.

Thamires Dantas

Para que o único ruído ouvido

seja o abisso do mar.

Senhor Azul, permita-me te amar.

crédito da foto: PublicDomainPictures

Caminhando

Tenho sobrevivido
Caminhando por lugares escuros e vazios.
Apesar de estar vivendo
Sinto que carregar minha vida
É um fardo pesado para mim.

Todos os dias
Fragmentos meus ficam pelo caminho.
Tem sido uma longa caminhada
Sem apreciar nada,
Pois perdi todos os sentidos

Ouvidos que nada ouvem
Olhos que nada veem
Coração que nada sente
Mesmo assim tenho caminhado.

Não espero chegar a lugar algum
Não há lugar para mim.
Não sei o que quero,
Mas sei que nada posso.

Tudo para mim é assim:

Pouco, quase nada.
É vazio, sem sabor,
E nenhum humor.

Sinto que continuarei
Por longo tempo assim
Até que estas tolas pernas
Parem de caminhar enfim.

Thamires Dantas

Fragmentos meus ficam pelo caminho.